LES COLONNES DU TEMPLE

ANDRÉ LEBEY

—

Les

Colonnes du Temple

PARIS

ÉDITION DV MERCVRE DE FRANCE

XV, RVE DE L'ÉCHAVDÉ-SAINT-GERMAIN, XV

—

MCM

FRONTISPICE

Moi-même! Ah! Fardeau dur que j'aime et que je hais,
Pourquoi donc tant d'assauts contre toi dans la Vie?
Pourquoi pour te sauver tant de mélancolie?
Moi-même! Ah! pour moi-même, ô moi, ce que j'ai fait!

Car chaque main mentait inconsciemment son geste ;
La fleur tendue ouvrait un cœur empoisonné;
L'écho mourait son rêve où j'avais tant sonné;
Les pays les plus doux suintaient la même peste.

Et me voici sans rien que ma lampe haussée
Devant mon front poli par la veille passée,
Enfant pâle attentif, penché dans la nuit nue.

L'ombre m'étouffe d'un lourd manteau douloureux;
Mais la forge de mon cœur essaie jusqu'aux cieux
Des étincelles qui trouent la voûte inconnue.

Soirs mornes ! Le dernier souffle éclos de l'espoir
Que n'a pas su capter ma flûte trop sincère
Agonise aux plis retombés du drapeau noir
Sur la tour en ruine où monte ma misère.

C'est l'été cependant. La nuit chante vers moi
L'appel caché des astres, et le croissant pâle
Berce en mon songe un songe aux gondoles d'opale
Vers une île où cueillir les fruits de l'autrefois.

C'est l'été. De la rue où la foule s'étale
Monte une houle de fête bête et docile
En laquelle, raillant sa grève orientale,
Pour la plupart, se déserter serait facile.

C'est l'été. Mon amour cisèle des fleurs d'or ;
Mais la Fatalité les meurtrit de sa griffe,
Et le temps passe, et de ses serres les aggriffe
Sans les mener s'effeuiller vite, loin du nord.

C'est l'été. C'est la nuit. Les cafés sont ouverts...
Il est des feux là-bas, des refrains, des sourires ;
Au roulis des alcools, les tréteaux des concerts
Tanguent un jeu de faux joyaux dont se suffire...

Mais de ces gobelets que leur néant spolie
Ma bouche ne sait plus que reculer sa lèvre ;
Le triste vin puisé pas même ne la sèvre,
Elle, toute au baiser de sa mélancolie !

Que d'autres dans la ville où vont flamber les bouges
Se plaisent à l'oubli de quelque repos veule;
Mes jours se sont voués à vouloir leur sang rouge
Fort à moudre les blés sous de célestes meules.

Riez que ma fenêtre ouvre sur vos laideurs!
Par delà l'horizon sali de cheminées
Je sais un escalier aux rampes surannées
Vers où vos pas jamais n'essaieront une ardeur.

Renais plus pur, mon cœur, du bain de l'infamie,
Victorieux du flot qui te surprit vaincu;
Et, phare lumineux des côtes de la vie,
Fais grandir ton triomphe à l'assaut du reflux.

Ton sceptre élève un lys blanc dans l'obscurité.
Devant vers toi la mer dont la tempête fume,
Sous le soufflet des vents échevelés d'écume,
Reste seul à jamais sur ton cap dévasté.

POUR LE PIÉDESTAL D'UNE STATUE

DU RÊVE

Rêve, de ta prison si belle à l'air trop lourd
Souvent, j'ai désiré la brise de la plaine,
Et, malgré le parfum qu'essorait ton haleine,
J'ai regretté les fleurs et quelque simple atour.

Bien souvent, pâle encor des veilles de mes fièvres,
Tout chargé du butin pris à tes gnômes bleus,
J'ai souhaité combattre en homme sous les cieux
Selon l'appétit dont le sang monte à mes lèvres.

Je pleurais, il est vrai, de te quitter ainsi.
Que ta flûte était douce en chantant son défi !
Ton ombre ouvrait pour moi des portes merveilleuses.

Alors, de tes palais orgueilleux, j'ai jeté
Vers mes jours, par-dessus l'inutile fossé,
Un pont victorieux des griffes ténébreuses.

Rêve, vers les plus beaux de tes jardins secrets,
J'ai découvert les monts de la terre et les flots
D'une mer qui jamais ne creuse son tombeau,
Et dont bien des rochers recèlent un palais.

Je m'en souviens ! Des feux germaient aux stalactites ;
Ma torche au fond de grands miroirs se répétait ;
D'énormes albatros silencieux passaient
Au ras des vagues qui grondaient un vague rite.

J'ai pioché le sentier découvert ; j'ai connu
Des souterrains réels aux grands puits survenus ;
J'ai vu des lacs ; j'ai su les plus rebelles cimes.

Et, redescendu vers les fossés des ravins,
Au gazouillis roulé des gaves, le matin,
J'ai lavé mes pieds las, blessés par tes abîmes.

Rêve! Je t'ai suivi d'un pas dévotieux;
Rêve! J'ai satisfait tes désirs les plus fous,
Et pour toi seul, longtemps, et, de toi seul jaloux,
J'ai dédaigné de vivre ailleurs que dans tes cieux.

Au-dessus du néant et de chaque tempête,
J'ai découvert dans l'ombre un chemin lumineux
Où poudrer le Destin de l'or miraculeux
Dont tes mains de blancheur ont fardé ma défaite.

Mais aujourd'hui, du fond du château trop secret,
Je songe qu'il est beau, pour mourir sans regret,
De soulever la terre en y griffant tes ailes.

Je veux que mon cœur saigne à jamais sur la Vie
Pour que du papier blanc où mon angoisse crie
Autant que du sol noir montent les fleurs nouvelles.

Rêve, sur le dessin vague et gris de tes lignes,
J'ai promené longtemps, d'une main trop légère,
Une plume arrachée à l'aile des grands cygnes
Que tes vœux égaraient vers des parcs d'outre-mer.

Mais l'encre peu à peu a marqué; moins indigne,
J'ai senti le désir de te faire ma proie,
J'ai déterré du marbre; et j'ai planté mes vignes
Autour du grand chantier où travaille ma foi.

Voici le temple vert qui se précise un peu.
Sa frise déjà monte et taille le ciel bleu
Du triangle où sculpter un héros fier et nu.

J'offre ici l'élan droit de soixante colonnes
D'où regarder sans peur vers le clairon qui sonne
Au loin, l'obscur combat rué dans l'inconnu.

*Aux trois éducateurs qui m'ont
enseigné les colonnes du Temple,
Au plateau de Rivoli et au défilé de la Chiusa,
Aux tombeaux des della Scala, à Vérone,
Au pic de la Balle.*

En une robe où joue un arc-en-ciel voilé
Vers le palais d'exil où, veilleur de la tour,
Je guette par delà les tempêtes des jours
Ton voyage infini, reine d'Éternité,

Te voici revenir lentement, ma Pensée.

Tu es toute fleurie des gerbes moissonnées
A travers les prairies de ton vaste domaine,
Et l'eau que tu surpris au secret des fontaines
Se fraîchit dans l'amphore étrangement ornée

Que soutiennent tes bras sur ta tête dressée.

Bien des pays ont su ta voix désespérée,
Bien des temples ont pris ton silence anxieux ;
Il est derrière toi sur le vague des cieux
Tout un mirage de cités échelonnées

Le long des routes où tes pieds nus ont saigné.

Bien souvent tu t'en vins ! Bien souvent désolée,
Tu repartis, dédaigneuse de tes conquêtes,
Oubliant de porter la lèvre aux vins des fêtes
Que ton effort suivi venait de préparer ;

Et les fleurs se fanaient aux mâts de tes trophées.

Aujourd'hui comme autrefois, mais plus résignée,
De par tant de passés au dur pèlerinage

Où retrouver toujours, malgré tout ton courage,
La même ombre après chaque montagne allumée,

Te voici revenir lentement, ma Pensée.

Le même amour en moi t'accueille, inconsolée ;
Et la même tendresse adoucira ta fièvre ;
Mais hélas ! je sais trop, peut-être, que ta lèvre
Se pâlit tandis que tu vois s'effilocher

Ta robe en longs lambeaux aux buissons de l'allée !

I

La route se poursuit elle-même en fuyant,
Et je la sais là-bas encore dans la brume.
La route est dure. Elle monte, plane, descend.
La route est morne. La poussière grise fume.

La route est longue. Ici des prés. Là des torrents.
Les monts menacent de leurs rochers. L'ombre est rare;
L'autrefois parle d'elle; on l'ignore en passant.
Dormir? l'espace appelle et vibre à nos guitares.

La route est triste. Au fleuve l'eau se fait moins claire;
La source se tarit; l'ombre est moins éphémère;
La vase étreint la voile et le Temps la dévore ;

Rien ne nous parle plus du vol des oiseaux blancs.
On s'égare aux sentiers.... une marche.... on descend....
La voile noire alors évente de la mort.

II

Ma vie ce soir est lourde et voudrait en finir.
Je reste là devant la tâche commencée
Sans plus mordre à la grappe où mûrit ma pensée
Que je suis vers un seuil de néant s'obscurcir.

O porte dure où je m'abats sans avenir,
Désespéré de tout ce qui fut la bataille,
Fais luire quelque flamme à travers ton vantail
Où brûler l'oiseau dégoûté de mon désir !

Et toi, Vie éternelle où la mienne est perdue,
Donne-moi quelque bloc étrange d'ombre nue
A tailler comme citadelle à mon labeur,

Roi sans couronne ici, mais la sachant là-bas,
Et vers elle tendant l'angoisse de ses bras,
Épuisés de porter l'attente du bonheur.

III

Le dur dégoût de vivre installe sa victoire.
Entre mes doigts lassés la coupe est funéraire
Et redevient une urne où la pourpre éphémère
Des feux se tasse en cendre à saupoudrer la gloire.

Malgré la mer aux grèves d'or rose où revoir
L'astre attendu peu à peu sourdre un croissant clair,
Le crépuscule est triste; et je voudrais dans l'air
M'émietter aux plis de la robe du soir.

La voici dénouant comme pour une danse
L'infini pailleté d'un linceul où balance,
Il semble, la faucille à l'acier lumineux...

Ah ! Fais-toi le pendule implacable, astre bête !
Tombe et siffle ta chute au niveau de ma tête
La trancher d'un supplice atroce et merveilleux !

IV

Leur amour ?... Près du cœur une fleur est éclose.
On la cueille ; elle est bonne ; on la recueille encore.
Les épines qu'on sent font adorer la rose
Dont le parfum puisé semble un aveu d'aurore.

Saveur du fruit à même aux nudités mordues !
Mais ton délire immense, ô chair, affole et navre ;
Un serpent sommeillait dans l'onde chevelue.
Contre les flèches d'or, l'Orgueil piaffe et se cabre.

La vie est dure... On s'en revient, le rêve loin,
Bercé de l'effeuiller au caprice des mains
Qui drapent ses lambeaux au mur nu du désir.

Les rayons sont perdus qui doraient l'aventure.
Les seins vers nos regrets, la Luxure murmure
L'étreinte où vivre enfin la mort du souvenir.

V

Que n'ai-je vu de spectre en quelque autre Elseneur
Commander la vengeance à mon obscurité !
Hélas ! Je n'aurai pas en moi le noir bonheur
D'aimer l'ombre d'un père en qui mettre un passé !

Mon âme se disperse à suivre chaque route
Sans qu'une seule enfin la garde et la prépare,
Cavale hennissant de la bave à son doute
A travers un galop claironné de fanfare.

Rien n'apparaît sur mes terrasses sans mensonge.
Le palais où l'effort de mes jours se prolonge
Veille en vain l'horizon d'où grandir Fortinbras.

Pas un seul ennemi ne précise son glaive.
Obscur noyé perdu sous les vagues d'un rêve,
Contre elles, dans la nuit, je jette en vain les bras.

VI

Il faut baisser la tête et marcher cependant.
Le fardeau lourd qui pèse à tes épaules lasses
Ne le rejette pas. Aime le fouet du vent :
Il change. Des fleurs d'or décorent les terrasses.

O pauvre voyageur, comme tu vas courbé !
Redresse-toi ! Dans le royaume du Destin,
Un glaive luit toujours vers notre volonté :
Essuie tes pleurs. Casque haut. Vers lui, tends la main

L'acier est froid, je sais, et les larmes sont bonnes ;
La douleur est un lit où l'âme s'abandonne
Vers le sourire bleu d'une mort étoilée...

Debout ! Qu'un clairon clair déchire ta tristesse !
En drapeaux tes linceuls claqueront l'allégresse...
Ce que tu portes, c'est la Vie quand même aimée.

Fais moutonner vers toi la mer de ton époque ;
Et, du haut du roc noir où tu sus te dresser,
Regarde longuement les vagues déferler
En déversant sans fin l'écume de leur choc.

Scrute en te souvenant des routes du passé
Qui t'y menèrent l'heure et l'année où tu braves
Le monstre de laideur qui règne sur l'épave
Dont tu veux faire enfin une nef de beauté.

Une fois maître un peu des ressorts et des causes,
Descends semer l'effort aux longs sillons des choses
Sûr que rien par delà l'infini ne t'attend.

Il faut farder la Vie avec de la splendeur
Et faire épanouir des tempêtes de fleurs
Aux prés du deuil en gris que déroule le Temps.

VIII

Souvent se lève en moi d'un passé que j'ignore
Où la chaîne de mes aïeux perd ses anneaux,
L'image d'une mer vengeresse et sonore
Fleurissant un cortège espacé de vaisseaux.

D'un seul bloc de bois dur, noirs et légers sur l'eau,
Ils mordent l'horizon par l'hippocampe d'or
Que surveille, héroïque au vent de son manteau,
Un guerrier qui remplit l'espace de son cor.

Il sonne éperdûment le poing sur son épée.
Derrière lui la voile énorme et bien gonflée
Semble vouloir atteindre à sa cuirasse brune.

Et l'Océan baveux, saisi d'un frisson rauque,
Épure en une écume étrange son flot glauque
Pour écrire à l'avant le cantique des runes.

IX

Plus d'un fossé détruit ou barre le chemin ;
Plus d'un serpent s'enroule au fouillis des lianes ;
La rose que la chaleur de tes paumes fane
Lorsque tu la cueillis, souvent, piqua ta main.

Le roc où s'appuyait le pied de ton destin
Pour s'élever plus haut et gagner de la vue,
Souvent croule, et le socle où dresser la statue
Est fait de pierres qui s'effriteront demain.

Veille à tout ! L'ombre autour de toi cerne tes yeux ;
La haine aiguise un glaive à l'acier ténébreux.
Inspecte chaque côte avant de t'y élire,

Pour ne pas rencontrer, lorsqu'il serait trop tard,
Dans quelque anse de golfe à jamais sans départ,
Des sirènes jouant près d'une grande lyre.

X

Sur la médaille d'or où son profil accuse
Le dessin de sa ligne aux traits de volonté,
Celui qui fut frappé ici pour sa beauté
Résiste à tous les doigts dont la caresse l'use.

Autour de son front la couronne souveraine
Cercle en se pâlissant l'aspect d'une auréole;
Au revers, un château flanqué de tours s'isole
Sur le sommet d'un pic qui domine la plaine.

Entre tes doigts aussi la médaille est venue;
Aime que son métal doux et chaud y sinue
L'appel silencieux d'une légende épique.

Pour la main de la mort prépare une monnaie
Où dans l'or ce qui fut tes jours s'incruste et paye
Le tombeau d'où monter en hostie héroïque.

XI

Un livre est comme un arbre aux feuilles précieuses ;
Le parc est invicible où ses rameaux s'éploient,
Mais nous en découvrons la vie mystérieuse
Lorsqu'au fond de nos cœurs nous en cherchons la voie.

J'y sais des chênes hauts, j'y sais des cyprès droits,
J'y sais de verts gazons semés de pâquerettes,
J'y sais de vieux massifs où des glaïeuls flamboient ;
Et toute la nature, en lointain, s'y répète.

Chacune des saisons y déroule sa toile ;
Le même renouveau peu à peu s'y dévoile
Rajeunir les bosquets jusque-là dédaignés...

Ah ! douloureux jardin, comment te soulever
Emporter jusqu'au ciel où tu devrais flotter
Les âmes de tous ceux qui firent ta beauté ?

— 39 —

XII

Les douleurs sont un peu les baisers de la Vie.
Qui sait s'ils ne veillaient déjà dans le moment
Aggraver l'eau dormante des mélancolies
D'une vase à filtrer aux clepsydres du Temps ?

Ces baisers sont si doux, souvent, qu'on s'y oublie ;
Ces baisers sont si doux, souvent, que le Bonheur
Découvre à leur caresse une aube d'embellie
Dont la clarté se glisse et brille sur les pleurs.

Les fleurs tombent alors en un apaisement ;
Aux larmes la lune éveille des diamants ;
Aux songes l'Avenir dévoile une fleuve blanc...

Les douleurs sont un peu les baisers de l'Espoir ;
Et les lys ondulés par la brise du soir
Balancent vers l'attente un parfum d'encensoir.

XIII

A travers le silence où le pas dévoué
Consulte en tâtonnant la mine qu'il découvre,
Au long du souterrain volontaire où, muré,
Le désespoir se rue aux houilles qu'il ent'rouvre,

Il est bon, ruisselant d'ombre et de terre humide,
Tout clapotant encor des marais traversés,
Des puits où mesurer l'horreur froide du vide,
Las de la bataille où, sans ennemi, lutter,

Malgré la vision du savoir que, toujours,
Un même sacrifice ensanglante les jours,
Il est bon de gagner peu à peu sa croyance.

O toi, chaque étincelle arrachée à mon sein,
Débats-toi dans le vent, et brûle-moi les mains
Plutôt que de t'éteindre auprès de l'Espérance !

XIV

Nous ne saisirons pas un jour la certitude
Que la Route conduise aux terres désirées ;
Nous ne conduirons pas jusqu'à nos solitudes
Le faisceau des rayons de la grande clarté.

Nous ne frapperons pas sans doute à nos demeures,
Nous mourrons sans saisir l'inconnu du lointain.
L'homme connaîtra-t-il tout le rouleau des heures ?
La Route a-t-elle au long d'elle-même une fin ?

Les astres dérobés nous éclaireront-ils ?
Le labyrinthe perd l'espoir blanc de son fil...
Vers quels sillons obscurs jetons-nous de la graine?...

Il n'importe ! Il est beau de voir, nimbé de sang,
Le semeur absorbé repousser le couchant
De son geste à travers l'immensité des plaines.

XV

N'attache jamais trop de guirlandes aux murs
Dont le hasard voulut que tu fus habitant ;
Ton âme a, seule, droit à l'éternelle armure.
La chambre trop aimée est mauvaise longtemps.

Sache partout un peu t'envelopper d'azur.
Que ton pain cristallise un sel de liberté ;
Il est d'autres pays que ceux où tu te mures ;
Rien n'est perdu jamais lorsque tu t'es gardé.

Quelquefois sur celui même qui l'a construite
La maison croule avant qu'il ait osé la fuite.
Toi seul es ta maison ; tu portes ton royaume.

Aux palais dont tu marques l'effort qu'ils achèvent,
Chaque porte est ouverte aux voyageurs du Rêve
Pour qu'une fois guidés ils essaient d'autres dômes.

XVI

Promène-toi souvent le long de galeries
Où le Passé dans l'ombre accroche ses trophées
Pour surprendre au tas lourd des merveilles gardées
La racine de l'arbre où s'ombrage ta vie.

Mais cherche au joint de la cuirasse la plus belle
Le secret du plomb vil qui sut la bosseler ;
Derrière la splendeur des gloires tapissées
Regarde la lueur que suit l'ère nouvelle.

Et surtout n'oublie pas que toute la ferraille
Ne peut rien sur la sève dont le sol tressaille
Vers le mystérieux de son éternité.

Plus haut et plus longtemps que le bronze ou l'acier
Le roseau que ta lèvre embouche vers ton cœu
Chante à travers le glas mortuaire des heures.

XVII

Déteste la faiblesse où l'âme s'émascule
Vers le fade et le faux d'une simplicité ;
Ta race n'est pas jeune ; et si ton pas recule,
Il ne saura que les miettes de la Beauté.

Sens ardemment en toi, malgré le crépuscule,
Le flot du temps présent gonfler vers l'or pâli
De la grève où rêver quelques enfants d'Hercule
Naître vers des drapeaux amoureux de leurs plis.

Oui ! la mer grondera jusqu'à repousser l'ombre
Où le néant des lois de laideur stricte encombre
La glèbe à revêtir des manteaux d'aujourd'hui.

Vis où l'air vibre au gré du rythme de ton cœur ;
Et, sans souci que ce soit ou non le bonheur,
Laisse ton désir mordre aux grappes de ses fruits.

XVIII

Ta masse de maisons, ô cité meurtrière,
N'est rien qu'un point perdu dans le manteau des prés,
Et je hais la laideur de tes cubes de pierre
Malgré que chaque jour je foule tes pavés.

Aime, mon cœur, les coins que ton culte embellit
Puisque tu ne peux pas ne pas aimer ta ville ;
Mais sache en être maître, et que le seul pays
Est pour toi le chemin où ton travail t'exile.

Prends-garde que tes pieds s'enracinent au sol.
Il est beau de rayer l'espace de son vol
Découvrir que la terre entière est la patrie.

Il faut mettre en ses yeux tous les décors du monde
Et semer à jamais vers quelque moisson blonde
En ouvrant plus avant le sillon de la Vie.

XIX

Tu ne retiendras rien de mes vœux véhéments.
Tu peux sortir ta griffe et creuser ma peau nue,
Ta main ne saura pas vers ta bouche qui ment
Porter un larcin pris à mon âme inconnue.

Tu chercheras longtemps, mais toujours vainement ;
Sphinx rose dont les dents perlent une caresse,
Tu casseras ton ongle aux murs de diamant
Que mon rêve a taillés autour de sa paresse.

Comme j'aurais aimé mettre en toi l'abandon !
Mais tu as attaqué les palais de mon front ;
C'est toi qui l'as voulu : je me dresse implacable.

O Sphinx, si mon amour avait raillé la lutte,
Ton poitrail eût broyé les roseaux de ma flûte,
Et la mer balayé mes sceaux d'or sur le sable !

XX

En remous nuancés par les heures du jour
Au pied des maisons dont le reflet fixe y tombe,
Brisant aux piles des ponts dont il se surplombe
L'impétuosité fatale de son cours,

Le fleuve passe. Il fuit les villes qu'il dédaigne,
Il fuit ses bords, il fuit le sol, il va toujours ;
Et c'est malgré lui que, du flot de son amour,
Il féconde et nourrit les longs murs qui l'étreignent.

Il creuse son lit, coule et se rit des frontières.
Jeune à jamais le long des choses séculaires,
Dévoré du désir de son but, il est fier.

Et, dédaigneux de tout, même des affluents
Dont il cueille l'alliance, au hasard, en passant,
Eternellement il se jette dans la mer.

XXI

Terre-toi dans la nuit longue de la veillée
Où ta fièvre à jamais, comme une mer qui ronge,
Brûle et mange le roc funèbre d'où s'allonge
L'ombre du doute vers la grève récoltée.

Sois fier qu'un vautour noir t'enseigne Prométhée !
La légende est la même et traverse les âges ;
L'azur veille dans l'ombre ; et des pèlerinages
Cheminent invisiblement vers leur beauté.

Plus d'un frère inconnu médite la parole.
Plus d'un fumier prépare à la fleur sa corolle.
L'étincelle jaillit du silex bien frappé...

Ah ! creuser dans la roche un long couloir fervent
Et l'achever tunnel en un soir véhément
D'un coup de pioche à la pointe dans la clarté !

4

XXII

Solitude! ton cilice, je le veux d'or
Puisqu'il me faut murer tout élan dans tes clous;
Où donc, vers qui crier mon long travail jaloux
De violence alors que chaque âme s'endort?

O toi qui souffres et que je ne connais pas,
Toi qui voudrais du sang pour y noyer la boue,
Sois comme moi féroce à huer la gadoue
Qu'ils coulent en icône à dresser à leurs bras.

Éperdument, vers la noblesse primitive
Sonne ! et que ton clairon fasse jaillir l'eau vive
Du roc où ton écho frappera vers le monde.

J'espère en toi, ô fils lointain que je bénis !
Peut-être sur le tard, malgré nos ennemis,
Te verrai-je, vainqueur, terrasser l'hydre immonde.

XXIII

De l'herbe aux feuilles, des feuilles à l'infini,
Tout palpite. Jamais le soleil ne s'éteint ;
Les étoiles toujours veillent dans le lointain ;
L'aurore pour tomber à son tour suit la nuit.

Au fond de tout repos le travail se poursuit.
Une hélice à jamais perce de sa tarière
Les flots où voguent les pèlerins du mystère
Sur la mer qui ne sait ni la mort ni l'ennui.

La respiration invisible soulève
Chaque chose. Les monts descendent vers les grèves
Ou s'élèvent cracher le feu par leurs crevasses.

D'où venu ? le tonnerre y répond dans les cieux.
Les nuages sont noirs, les nuages sont bleus...
La fleur tombe sur l'eau ; le fleuve coule... On'passe !...

XXIV

Encoche vite un trait à l'arc de ta violence
Lorsque tu le sens en toi-même se courber
Pour être prêt avant que menace la lance
De l'ennemi, plus lâche à te trouver armé !

Fais taire si vraiment il te faut la vengeance,
Le cantique infini monté de ta pitié ;
Bien souvent le pardon que le vainqueur dispense
Arme et fait rire ceux qui l'avaient imploré.

Sache n'être jamais dépourvu de défense.
Tu pourras de la sorte achever ta clémence ;
Mais ne la connais pas au tribunal secret

Où tu te juges et, minutieux et grave,
Tu pèses d'une main triste d'être si brave
Tes rêves et ta vie —... O prisons du regret !

XXV

Contemple dans la nuit le travail des chantiers.
L'électricité joue aux bois de l'ossature ;
Le silence est chargé d'un courageux murmure ;
Une noblesse tombe autour des ouvriers.

La maison peu à peu grandit vers sa toiture ;
Le toit porte à son tour l'élan des cheminées ;
Bientôt l'ascension légère des fumées
Sera le geste de la maison vers l'azur. —

Guide les ouvriers qui peinent en toi-même !
Ausculte la poitrine à chacun ; et parsème
Les fleurs, que sur eux tous ton jardin te permet.

Sache conduire au but la troupe de tes forces.
Tu surprendras sur toi l'armure d'une écorce
Durcir et sentir seule la plupart des traits.

XXVI

Comme des songes las de leur course et du ciel,
Ligne de coussins blancs floconneux et légers,
Les nuages sont descendus pour raconter
Leur mystère au baiser des neiges éternelles.

Ils sont fiers de couvrir l'âpre mont orgueilleux
Dont la pointe au soleil ne se diamante plus,
Et lui chantent la brume où demeurer perdu
Loin de l'éternité qu'il monte vers les cieux.

Mais le mont qui sourit à la voix de leur rêve
Ne leur répond que par le vent qui les soulève,
Et, quand ils ont enfin dispersé leur défaite,

Par l'étincellement dont le soleil allume,
Du fond des horizons où frappe son enclume,
La pointe de roc blanc qui menace à son faîte.

XXVII

Fais que chantent vers toi les lacs, les mers, les monts.
Sais retrouver ta flûte à travers les roseaux ;
Ah ! mon cœur, fais vibrer l'appel de ta chanson
Vers chacun des ravins qui peut lui faire écho.

Une tendresse dort aux creux des vieilles pierres,
Plus d'un arbre déjà fut un sûr confident ;
Puisque tu restes seul, puisque nul ne t'entend,
Frappe obstinément, frappe aux murs de la matière !

Les saphyrs pleureront où sourirent les yeux :
La forêt s'ouvrira où la porte fut close ;
Le buisson jettera le parfum de ses roses ;

Le ciel éclairera leur nuit de lâcheté...
Sois confiant malgré tout. Plus d'un secret caché
Prépare une eau d'azur en des puits ténébreux

XXVIII

Des yeux veillent au fond des sources et des mers;
Au large de l'azur il est plus d'un bûcher;
Et les yeux vers les yeux, d'un regard familier,
Échangent les reflets de l'unique lumière.

Au plus intime fond du bois le plus séché,
Imperceptible, un lent travail s'achève et vit.
Sur chaque terre le jour succède à la nuit;
Le silence lui-même est lourd d'échos voilés.

Il faut être confiant jusqu'au bout de la lutte,
Savoir sauter l'obstacle où l'âme faible butte,
Bénir le sol des morts qui nous l'ont préparé.

Quelque chose d'obscur s'élève des tombeaux
Dresser l'arbre idéal dont la graine s'enclôt
Sous la bière d'où fuir vers son éternité.

— 56 —

XXIX

Que la nuit tombe autour de ton destin brisé,
Que l'ouragan s'annonce au large de ta vie,
N'importe ! Reste droit comme par le passé,
Et lance un assaut fier vers ta mélancolie.

Aime la volupté de souffrir pour ton sacre.
La volonté d'être homme est la plus noble ici ;
Tombe avec tes drapeaux au vent dans le massacre,
Si c'est l'heure de vaincre en mourant dans la nuit.

Sens en tes bras durcir la longue urne de marbre
Où tu fis affluer l'eau, la sève des arbres,
Le secret des rochers, le mystère des laves.

Vois ! la mort te redoute, et la voici lointaine
Vaincue et lasse de ton âme trop hautaine
D'où les anses de l'urne ouvrent des ailes graves,

XXX

Un fuseau tourne autour de toi dans le destin
Le fil qui se dévide au geste de ta main
—Fais que le fil soit d'or et se baigne aux couleurs
Des sites où trouver les jardins du bonheur.

Une source jaillit vers une éclosion
De fleuve à fleurir des voiles de tes chansons
— Guide le fleuve vers la mer de ton labeur,
Et dans le vent des voiles, fais battre ton cœur.

La pointe d'une lance où glisse un rais de lune
Veille invisiblement et défend ta fortune
— Attache au fer aigu quelque immortel bouquet.

Une flèche d'espoir siffle devant tes pas
Libérer le chemin où lever, haut, ton bras
—Fais que la flèche vole en chantant à jamais.

AUX ALPES

Votre chaîne noueuse à la ligne infinie
M'érige un sanctuaire où songer vers la plaine
Pour y descendre enfin quelque parole humaine
Surprise au froid secret de vos cimes bénies.

O monts, j'ai su cueillir vos plus étranges fleurs.
Votre immobilité chantait vers mon orgueil;
Et vous avez guidé mes pas las vers un seuil
D'où faire tout jaillir du travail de mon cœur.

Géants de pierres, glaives d'or, églises blanches,
Gargouilles dont l'aboi silencieux se penche,
Châteaux flanqués de tours, casques aux pointes pâles,

Je vous ai dans les lacs du Rêve reflétés,
Et j'ai senti ma foi de vivre soulever
L'effort de votre masse en une cathédrale.

AUX SAPINS

Une âme chante en vous attentive et sévère,
O Sapins qui grimpez le long des pentes dures ;
Sous le manteau glissant dont vous feutrez la terre
Je sens crisper l'effort de vos racines sûres.

Vous veillez la montagne et défendez la gloire
De la terre qui sut s'élever aussi haut.
La neige givre aux feuilles de vos ailes noires
Qui dessinent sous elle, il semble, son tombeau.

Merci de vos parfums ! Épris de vos leçons,
Mes yeux ont retenu les piliers de vos troncs
Parallèles dresser comme une armée hautaine.

Dans votre forêt sombre où des orgues soupirent
Je me recueillerai longtemps vers l'avenir
Préparer aussi les mâts des voiles prochaines.

AUX AROLLES

Le Mélèze qui pointe dans le sol, vaincu,
S'arrête au bord des vents qu'il ne peut plus braver ;
Seul ici, sans mourir, face à face au glacier,
Indomptable soldat, lutte l'Arolle nu.

Sa racine ouvre des griffes d'aigle et des mains
Tenaces à creuser le granit qu'il soumet ;
Il monte protester de la vie à jamais
Dans le désert glacé dont il est souverain.

Il travaille son bois. Les siècles sont à lui.
Sa jeunesse a mille ans. Humble héros sans bruit,
Sans témoins, il achève en secret sa carrière ;

Et, dédaigneux du sol stérile qu'il domine,
Respirant prudemment à travers sa résine,
Il nourrit son triomphe avec de la lumière.

AU SQUELETTE DE RENÉ DE CHALONS
A BAR-LE-DUC, PAR LIGIER RICHIER

O cœur te voici d'or dans la main funéraire
De celle dont l'emblème allonge vers le Rêve
Ici, je ne sais quoi d'infini vers la grève
Invisible où peut-être aborder sa galère.

Ah ! tombeau ! rien sans doute aux canaux de tes puits
Ne soulève la voile à gonfler de revanche !...
Cependant la statue à l'ossature blanche
M'apprend un héroïsme éperdu d'être lui.

Ce n'est pas vers un dieu que je hausse mon cœur,
Mais vers un inconnu de hautaine grandeur
Où, par son sang au soleil, cailler un rubis.

Et je veux que mes jours polis et ciselés
Lui cerclent une bague éternelle à jeter
Vers quelque doigt levé dans le deuil de la nuit.

XXXI

Faut-il te quitter ? Non, car toi seul es la loi ;
Et je veux enfoncer dans la tapisserie
Vaine et grise que tend sur ses murs nus la Vie,
O Rêve, tes clous d'or, tes épines, tes croix !

Je ne crains pas le sang dégouttant à mes doigts ;
Par le crible des trous les plus ensanglantés,
Je conduirai la fouille où creuse mon épée
Jusqu'au bord du puits d'ombre où se puise l'effroi.

Ah ! découvrir le cœur intime de la Vie
Et le plonger brûlant dans la mélancolie
Ressusciter la Force au bras du Doute armé !

Élever chaque mont d'un phare d'espérance !
Enfouir la faux pâle que la Mort balance
Au bain des plumes d'un coup d'aile de clarté !

XXXII

O Force! te comprendre et courber ta sottise!
Lacer sur toi l'armure où bossèle Pallas,
Et guider la furie énorme de tes bras
Vers une meule d'or dans des prés de cytise!

O Force! te dresser gardienne fidèle
Au seuil du nouveau site où vivre la Beauté,
Douce à tous les passants du domaine enchanté,
Conseillère à l'enfant prodigue trop rebelle,

Féroce à qui menace, attaque et veut le deuil.
Car j'essaierai, malgré qu'ici-bas tout s'effeuille,
Te faire devenir une féconde sève,

Et, t'apprenant l'intelligence que tu railles,
O Force, t'élever pour la bonne bataille
Où gagner ici-bas la couronne du Rêve!

XXXIII

Lance à l'assaut du mont d'où dominer la terre
L'armée où ton effort a préparé ses vœux
Pour répondre au défi monotone des cieux
Par la réalité bue aux seins de ta mère.

Que des milliers de pas frappent la pente dure
Au rythme cadencé de leur marche guerrière,
Et que chaque âme soit une aile aventurière
Au vaisseau d'infini lancé sur l'onde obscure.

Lorsqu'à la cîme enfin ton épée aura lui
Dégage de l'écrin dont l'étouffait la nuit
La coupe aux bords sacrés des bouches de ta race;

Et lève-la, pour y mêler un reflet d'astre,
Vers le drapeau vengé de son ancien désastre
Par l'aigle qui s'y pose en criant sa menace.

XXXIV

Que la reine Pallas veille sur les forêts
Où mes faunes s'en vont ébattre leur folie,
Et guide leur troupeau loin des mélancolies
Vers quelque sursaut roux dans l'azur, à jamais.

Que la reine Pallas veille sur mes domaines
Et fasse qu'une eau vive abreuve les racines
Des arbres dont l'élan hérisse les collines
Qui montent au château de mon âme hautaine.

Je veux libre le jeu de la sainte nature ;
Je veux que chaque graine éclose et que fulgure
La plus petite flamme arrachée au néant.

Mais je désire aussi mon rêve souverain,
Et j'aime quand Pallas ramène de sa main
Un des faunes perdus pour m'avoir fui longtemps.

XXXV

Laisse gronder longtemps le chant de ta douleur !
Laisse ses flots d'or rouge irriter tes blessures !
La fontaine jaillie à chaque plaie obscure
Coule étaler des flots où naviguer ton cœur.

Le sang caillé sur toi te mûrirait ta tombe,
Et ce serait l'ennui sans l'âcreté du vent
Sur ta face penchée anxieuse à l'avant
Du vaisseau qui conduit au roc qui le surplombe.

Là, dépouille ta crainte et perds-toi dans la brume
Te mouiller au baptême ardent de cette écume
Où te retrouver tout puisqu'elle est ton enfant ;

Et vers l'éternel roc hérissé de naufrage
Précipite d'un coup d'âme gros de courage
L'assaut des vagues et toute la mer de sang.

— 71 —

XXXVI

Scrute ta plaie ardente et trouble, et fouille-la
Avec ton glaive, avec ta plume, avec tes mains ;
N'aie pas peur de souffrir et qu'un mâle dédain
Te maintienne debout quand la douleur t'abat.

Sache te conquérir. La plaie se fermera
Un jour, et justement d'avoir été brûlante.
Mais ne ménage rien pour que monte une plante
Du terrain douloureux où laboure ton bras.

Si tu défailles, si la mort vient te surprendre,
Elargis le trou rouge avant qu'il soit de cendre
Et, vite, aux quatre points du ciel et de l'espace,

Vers l'Avenir, vers tes frères encor cachés
Jette les longs lambeaux que tu t'es arrachés ;
Puis, d'un bond, jette-toi toi-même au vent qui passe !

XXXVII

Je me veux homme et, pur des gâteaux de vos fièvres,
Manger partout le pain que j'aurais su gagner,
Et, dédaigneux de la salive de vos lèvres,
Vivre de ma révolte et de ma liberté.

Je ne veux pas mentir. Je ne veux pas courber
La tête sous le joug où l'on vous égalise ;
Ma tenacité rit des lois à renverser ;
J'aime, et veux mon amour dresser la seule église.

Entendez la parole à mes lèvres mortelles
Essorer de leur pourpre encore trop cruelle
Le cantique nouveau d'où naîtra le printemps.

Vos dieux ne savent rien que leur placidité.
Moi, je mène aux pays de la sincérité ;
Et j'insulte l'autel où rampe votre encens.

Révolte sainte, reste mienne ! Au manteau pâle
Que veulent sur ma foi serrer leurs mains menteuses,
Je préfère le pré de fleurs mystérieuses
Que mon sang sème au long du chemin qu'il exhale.

Je ne sais pas le mot de la nuit éternelle ;
Mais qu'importe ! Ici-bas je sais ce qu'est mon cœur
Et l'appétit dont il veut mordre la douleur,
Et son vol d'or vers la beauté qu'il se révèle.

Aussi je marcherai jusqu'à mon dernier pas
Selon le désir immense que les là-bas
— Je le veux croire vrai — élargiront encore.

Je ris de votre bouche et de votre cerveau !
Je saurai dans la mort attaquer le tombeau
Par mon glaive empourpré de bataille et d'aurore.

XXXIX

Chaque effort est la lame où tu veux d'or ton nom
Incruster dans l'acier le dessin qui l'enivre
Pour t'en faire un hochet à te savoir survivre
Selon l'insigne que détachait ton pennon.

Par delà l'avenir et la nuit le blason
Peut choir des mains de marbre où verdissait sa guivre,
Du moins, tant que debout, sans que la mort le livre,
Tu l'auras vu se découper sur l'horizon.

L'hiver monte à l'assaut de la forêt déchue,
L'eau se givre comme ayant peur de rester nue,
La terre craque et s'ouvre à se trouver trop dure...

Mais là-bas, à pas lents, portant un flambeau rouge,
C'est une ombre qui vient vers la porte qui bouge, —
Et la lueur s'étoile au trou de la serrure.

XL

Nul ne peut te fausser. La plus sombre défaite
Passe sous le drapeau dont ta main tient la hampe
Sur la montagne sainte où l'astre de ta lampe
Dore ton pâle front des rayons du prophète.

Toujours ton âme sait revenir vers son faîte
Comme vers le seul nid resté dans la tourmente
Où reposer l'effort, sans que ce repos mente.
A l'éternel vaisseau que son voyage frète.

Aime la salle close où tapissent les livres
De leur cuirasse droite à reposer de vivre,
Urnes magiques d'où permane un encens pur.

Va! Ta part est la bonne; et ne laisse jamais
S'insinuer vers toi la file des laquais
Qui veulent de la boue au plus limpide azur.

XLI

Écoute pieusement en toi-même. Au manoir
Dont ton âme a fortifié sa solitude,
Les harpes du silence attendent un prélude
Qui s'y glisse souvent sous le vent doux du soir.

Les salles peuplent alors jusqu'à leurs coins noirs
D'un jeu d'ombre où s'ébauche un ballet bleu de fées ;
Une lueur semble descendre des trophées ;
Aux casques des yeux d'or brillent vers des miroirs.

Regarde pieusement en toi-même. Au secret
Des chambres que toi seul viole et reconnaît,
Des fleurs montent les vases que tu ciselais.

Sois heureux ! Car voici dans la pourpre inconnue
Au thrône où ton encens fumait vers ta venue,
L'Aurore t'apparaître en une femme nue.

XLII

Sois fier quand le courroux de la meute servile
Jappe après tes talons parce qu'ils sont ailés ;
Dédaigneux d'un affront de vengeance facile,
Passe, vers le futur qu'ils veulent ignorer.

Dis-leur que dans des soirs prochains, moins indociles
Les enfants maudiront leurs pères sans beauté,
Et que tes pas ont mis sous le pavé des villes
Le germe d'avenir qui doit les soulever.

Alors si la légende antique est ton partage,
Si la ménade naît irriter le courage
D'être mille contre un et de le déchirer,

Chante jusqu'au dernier instant de l'agonie !
En pavoi pour ta tête où priait l'harmonie,
Le nimbe le plus grand est la lyre d'Orphée.

XLIII

Accepte même un jour, s'il le faut, la hideur
De l'échafaud moderne où monte l'assassin ;
Sanctifiés par toi, ses bois dans le matin
Hausseront leurs tréteaux au niveau de ton cœur.

Oui, s'il le faut, apprends d'un sourire sans peur
Par la force du rêve où survivra ton vœu,
Pour ton drapeau gonflé jusqu'aux murs du ciel bleu,
Ta lutte ayant tout fait, apprends comment on meurt.

Le couteau tombera dans un éclair d'argent
Lancer par delà l'aube empourprée à ton sang
Sur l'horizon futur, ta tête auréolée.

D'elle, vers l'ennui lourd et laid des faces blêmes,
Les gouttes rouges tomberont pour le baptême
Où conquérir la foi des révoltes sacrées.

XLIV

Je t'aime, ô ma fierté ! Et j'aime la douleur
Dont je souffre au combat par qui te dresser pure,
J'aime tes seins de marbre où casse la morsure ;
J'aime tes yeux fixant la venue du malheur.

Je me veux à jamais jusqu'à ma dernière heure,
Du haut de ta falaise d'or, comme une proue,
Braver le reflux noir qu'y bat la mer de boue
Où tant d'autres ont su débaptiser leur cœur.

Quoique nul se hausse à l'appel que tu sonnes
Continue à souffler ta plainte forte et morne ;
Qui sait si l'horizon ne te répondra pas ?

Qui sait si, par ton chant, une étrange victoire
N'arrachera lancer l'avant du promontoire
Vers l'aube ou, nef, gagner le fanal de ses mâts ?

XLV

J'aime mon pas marqué le long de mon chemin,
Martelant le gravier, l'herbe ou les feuilles mortes,
J'aime marcher joyeux au devant du destin
Et surprendre sa main, dans l'ombre, aux clefs des portes.

J'aime les bras tordus des chênes et les mains
Que j'y rêve jouer d'étranges mélodies,
J'aime aux herbes fouler les perles du matin,
J'aime me pénétrer de toute la survie.

Car en moi des chevaux piaffent avec furie,
Des hiboux, en flambeaux, vrillent mon insomnie
Du songe fixe et lourd de leurs yeux lumineux;

J'étale des moissons et des gazons de fleurs,
J'élève des châteaux et des monts, et mon cœur
Les hausse encore d'un vol d'éperviers vers les cieux.

XLVI

Martèle sur la proue, envergure éployée,
Un grand épervier d'or serrant deux pierreries,
Et fais dans le miroir des deux gemmes meurtries
Rutiler tous les cieux de ta course indomptée.

Les ailes lèveront dans l'écume affolée
L'emblème de l'effort dont se sacre ta vie;
Permets le crépuscule à ta mélancolie,
Mais offre à chaque aurore une âme résignée.

Il n'est pas de défense à qui veut l'horizon.
Laisse-toi donc guider par ta seule chanson !
La nuit ne meurt que pour préparer le réveil.

Sois fier du vent qui claque aux plis de ton drapeau;
Les vagues sont des caresses vers le vaisseau,
Le bec de l'épervier s'ouvre sur le soleil.

XLVII

Ne regarde pas trop la rive délaissée,
Et lorsque du vaisseau tu verras s'engloutir
Le phare où ton adieu brûlait un souvenir
Encor, sois fier du jeu de l'onde refoulée.

Ne descends pas bercer le rêve des jours morts
Dans la cale aux hamacs de tes sens indulgents ;
Plus d'un chant balbutie un éveil dans le vent
Vers quelque trompe étrange aux mille bouches d'or,

Laisse neiger sur toi les soleils et les lunes.
Vogue pour le triomphe où se veut ta fortune ;
Sens ta vie s'affirmer au long de son effort.

Guetté par ton fanal mystérieux et roi,
Le Destin, las de ruse et redoutant ta foi,
Deviendra bon pilote et te dira le port.

XLVIII

Regarde bien de loin avant de t'approcher
Si ce n'est pas du deuil que prépare la grève
Et si l'espoir déjà qu'y pavoise ton rêve,
Par fatigue ou désir ne t'a pas égaré.

Souvent les feux trop beaux brûlent pour une épave ;
Le pilleur qui t'attend lève un harpon d'espoir.
Souvent le drapeau blanc médite un drapeau noir ;
Le môle est un écueil que la tempête lave.

Souvent la tour, hélas ! annonce une ruine
Ou les créneaux s'effritent sur les couleuvrines,
Ou les glaives tordus s'enterrent à jamais.

Sans même de combat ton voyage est vaincu.
La Floride à conquérir est un terrain nu
Où pleurer longuement dans la nuit des cyprès.

XLIX

Prends garde au long des côtes où vogue ta flotte !
La pleine mer houleuse offre un danger moins grand
Que les rocs sous-marins dont la vague défend
L'attaque malgré l'œil exercé du pilote.

Au port où tu rêvais l'Amour tendre son arc
C'est la Mort qui peut-être aiguisait son acier
Sur la pointe sinistre où t'immobiliser
Saisi par le cercueil que te construit ta barque.

C'est au cœur du danger que la lutte est meilleure.
Rien ne peut arriver si ce n'est pas ton heure ;
L'ouragan souvent gronde en respectant ton front.

Aime entendre gémir les bois de ta mâture !
Aime, lorsque tes bras chassent ta sépulture,
Sentir ta vie gifler la Mort de son affront !

L

Lorsque tu jetteras l'ancre dans quelque port
Jugé d'abord propice et digne d'être élu,
Prends garde que tes vœux, un jour, n'en veuillent plus ;
Aussi garde longtemps l'esquif qui te fit fort.

Une fois son parfum banal à tes narines,
Le nouveau pays moins beau de t'être connu,
Ne sera qu'un passage ; et la fuite du flux
Dira des visions lointaines et divines.

Si tu te sens alors en ton cœur t'appeler
Grandir dans l'avenir la ligne du passé,
Même si le repos t'apparaît improbable,

Repars, sans regretter, chercher une autre escale
D'où repartir encor jusqu'à l'heure fatale
Où l'ancre, sans ta main, mordra le deuil du sable.

LI

L'aurore est un plat d'or mirant des roses roses,
Le midi cueille sa lumière en roses jaunes,
Le crépuscule offre la pourpre au roi des aulnes,
Et la nuit est le deuil de chaque apothéose.

Tout se mêle et se perd ; et le secret du Temps,
Bercé dans les matins, s'arrête dans les soirs
Allonger son berceau du cercueil de l'espoir
Qui s'étoilait aux yeux de l'invisible enfant.

Mais toi pour qui toute ombre a des mines d'ébène
Prépare et guide ici tes lianes lointaines
Vers le bloc de ton songe où les enguirlander ;

Et fais de chaque nuit pour apaiser ta fièvre
Une coupe où sur l'eau pure et froide à tes lèvres
Nage un pétale des trois roses effeuillées.

LII

Une gloire sans flamme à qui veut se courber
Presque de suite apporte un rameau de couronne.
A ne plus étoiler le soi qu'on abandonne
On peut se croire heureux d'être une vanité !

Pour toi laisse couler l'eau qui gagne la rive
Sans emporter la fleur d'une voile réelle :
Le livre seul est vrai dont le fermoir se rive
Sur l'écrit de la main qui s'y gante fidèle.

La vie au long des jours t'enseigne sa leçon.
Au cœur le plus noir de la mine, le charbon,
Cristallise à jamais une eau de pureté ;

Selon des lois que l'homme a voulu méconnaître,
Les lueurs à travers l'espace, pour renaître
En un astre, se joignent vers sa majesté.

LIII

Par-dessus les maisons, par-dessus les fumées
Qui traînent sans monter leur lassitude grise,
Le souvenir du soleil en longues traînées
Persiste un long adieu dans l'ombre qui l'enlise.

Les fenêtres une à une vite allumées
Semblent avoir cueilli ses étincelles d'or
Pour protester contre la nuit bientôt tombée
Et percer son velours de voiles vers l'aurore.

Les étoiles déjà répondent dans les cieux
Comme les morceaux d'un lointain monde de feu
Que le secret de la ténèbre nous révèle...

La mort des astres n'est qu'un rêve lumineux.
Beaucoup de ces clartés dont s'enchantent nos yeux
Achèvent par l'espace une vie irréelle.

LIV

Au jardin clos de murs où ta vie harmonise
En décors les pays où court son avenue,
Soucieuse du doute où sa courbe sinue,
Fière du chemin droit qu'elle régularise,

Au jardin où ton cœur médite ses surprises
Et les métamorphose en plantes inconnues,
Au centre d'un bassin quatre sirènes nues
Sourient des huit chevaux marins qu'elles conduisent.

Eternellement vers le long canal qui fuit
Perdre son eau là-bas dans l'horizon, sans bruit,
Les chevaux lèvent leurs sabots verdis et vieux;

Tandis que les sirènes qu'un jet d'eau domine,
Ne pouvant se tourner vers l'eau qui les incline,
Pensent que c'est le ciel qui perle leurs cheveux.

— 90 —

LV

Au plus fougueux du rapt de tes jours sur le Temps,
Au combat le plus chaud de ta vie dans la Vie,
Conserve en toi l'ombrage où la brahme s'oublie
Vers l'immobilité des vérités longtemps.

Que le néant de tout, au cas d'une défaite,
Maintienne à tes côtés un divan de repos,
Et l'ombre qu'à tes pieds découpe le tombeau
Sais-lui gré de garder en elle ton squelette.

Qu'à ton geste conscient, soucieux d'être haut,
Elle apprenne combien superbe est le manteau
Que la Victoire mène aux jardins du futur

Figurer par sa pourpre aux plis d'éternité
Le merveilleux secret de gloire et de beauté
Qui fit mûrir en pierre un flot d'argile impur.

LVI

Que chacun de tes pas découvre une des pierres
Dont doit se cimenter un jour le monument
Contre lequel briser la cruauté du Temps
Malgré la lourde main qui te veut en poussière.

Que ton sépulcre monte à jamais et domine
Son effort éperdu dressé contre l'affront,
Sûr d'incruster encore au soir de la ruine
Par la statue née aux bosses de ton front.

Qu'elle lève une lance haute sous l'étoile
Qui la révèle au loin au gonflement des voiles
Dont la course a grandi jusqu'à ton promontoire.

Les siècles mêleront ton cœur au catafalque;
Et ta mort elle-même au bloc qui la défalque
Vivra vers le Futur ta funèbre victoire.

LVII

Les arbres dans l'eau prolongent un long reflet ;
Et, par la nuit d'orage où tout est de velours,
La ligne du bord perd l'aveu de ses contours
Au massif qui d'un seul bloc compact apparaît.

Le ciel verse dans l'eau comme une moisson d'astres,
L'eau se déroule un ciel fragile aux lueurs pâles ;
Un tremblement s'ajoute aux joyaux qu'elle encastre ;
Et le silence endort l'insouci des cigales.

L'éclair zigzague au loin quelque fissure étrange
Par où le feu transpire, imbibe l'ombre et frange
D'un ourlet lumineux les bois où je m'oublie.

Quelque chose de blanc épaissit sa venue,
Se fixe, se détache et se durcit statue
Figurer devant moi le marbre de ma vie.

LVIII

De l’immense forêt qui germa de ce sol
Il ne reste plus rien qu’un chêne douloureux,
Flagellé par le vent et brûlé par les cieux
Au bain desquels offrir un repos aux longs vols.

La sève qui montait au long de tant de branches
A résumé dans lui son morne crépuscule ;
Comme une pieuvre énorme ouvrant ses tentacules,
Il a tout absorbé par ses racines blanches.

Le bois de sa victoire est nul près des années ;
Il souffre d’être seul roi des heures glanées ;
Il sait le dernier mot de sa sombre énergie.

Mais il sent que sa lutte est un jeu merveilleux ;
Et, durcissant l’écorce où tord son tronc noueux,
Il meurt en demeurant encore dans la Vie.

LIX

Raye la grande nuit du diamant trouvé ;
Victoire ! Et crève là pour t'y dresser, la main
Haute vers le nuage à faire s'étirer
Voluptueusement dans un azur sans fin.

Sur ton cœur résurgi plante le prisme né !
Sa clarté brûlera le sang qui reste encore ;
Si quelque nouveau trait s'en vient le réveiller
Sa pourpre étalera le sacre d'une aurore.

Ni le cor, ni la flûte, et ni le violon.
Un long cantique doux et lent vers la moisson
Ployant ses épis lourds déjà vers l'avenir.

La douleur en fuyant a laissé des parures.
Néglige-les. Là-bas des miroirs moins impurs
Te parleront des pleurs dont on fait un sourire.

LX

Sur le plus long des caps qui brave l'Océan,
Colonne d'avant-garde où le sol vient finir
Face aux flots dont le flux dévoile un trou béant,
Je veux que le cheval divin vienne hennir.

Par-dessus la tourmente où naufragent les ans,
Dédaigneux des pays qui surent le bannir,
Il aspirera là l'air salé par l'encens
D'écume que la mer fume vers le menhir.

Lui qui mouillait son aile aux longs cheveux des saules
Contemplera la pierre antique de la Gaule
En piaffant sur le sol où déterrer un glaive,

Et dans quelque aube où le ciel s'écaillera d'or
Il bondira, portant sur son dos rude et fort
Un homme couronné du soleil qui se lève.

Mon cœur monte à l'assaut du roc dur, ô Pallas,
Où, dominant le bloc blanc de ta citadelle,
Tu veilles régler l'effort des soldats fidèles
Au geste de ta main qui domine leurs bras.

Mon cœur monte à l'assaut victorieux, hélas !

De ton temple tassé jaillit la cathédrale,
Et d'elle, avec l'encens des nuits orientales,
Avec la lampe des brumes occidentales,
C'est un vol éperdu qui ne reviendra pas !

O toi, leur alchimiste morne, ô ma Pensée !
Ne recélerais-tu dans tes caves voûtées
La balance où peser les deux sœurs ennemies ?

Sur quelle mer, sur quel esquif vous réunir,
En quel azur, en quel oiseau vous égaler,
O ma raison aux cargaisons de souvenir,
O mon cœur infini, toujours inexploré,

Vous, les deux voiles qui gonflent vers la survie,
Vous, les deux ailes qui décrochent l'Avenir,
Pour vous faire éventer du soleil sur la Vie?

POUR LE PIÉDESTAL D'UNE STATUE

DE LA VIE

I

Je veux lire avec soin le livre de la Vie
Tel qu'il s'ouvre partout offert à mon effort
Et conquérir l'orgueil de me dresser plus fort
Sur le pic le plus haut d'une vaste embellie.

Le Temps n'est plus, je sais, des destins magnifiques
Dont le geste cueillait sa couronne d'aurore,
Mais dans ma main le Temps sera le sable d'or
A semer sur la route où vivre un songe épique.

Longtemps j'écouterai ce que chante la terre
A qui sait découvrir la voix de son mystère
Afin de dire enfin la loi trop méconnue;

J'enseignerai le prix dont la Mort a sacré
Les choses par l'adieu de leur fragilité,
Et je ferai de l'âme une belle épée nue.

II

Je veux ouvrir des fleurs au jardin de la Vie
Et faner de parfums le deuil mystérieux
Dont le Christ, trop rêveur pour être malheureux,
A recouvert le Monde et la Mélancolie.

Que la Mélancolie ne soit qu'un doux repos !
Au réveil étonné de l'âme plus guerrière,
Je sonnerai du cor les heures meurtrières
Où tenter le combat sans craindre aucun tombeau.

Que les fleurs soient d'azur, d'émeraude ou de sang !
Qu'importe de périr emporté par l'élan
Du choc vers le printemps jailli de mon courage !

L'aigle envolé très haut dans le désert glacé
Ne voulant plus descendre aux monts qu'il a quittés
Meurt en montant toujours à travers les nuages.

III

Je veux draper mon rêve au torse de la Vie
Selon les plis qu'ordonne au monde la Beauté
Pour hausser au néant de chaque jour glané
Le geste d'une rose heureuse épanouie.

Je prendrai le souci de mon corps éphémère
Et j'aimerai le soin de sa réalité
Dont faire un bronze fier de son éternité
Qui subsiste au cercueil ou perdre ma poussière.

Je survivrai dans ceux qui m'auront entendu ;
Et l'Avenir vivra d'après cette vertu
Voluptueuse dont j'aurai dit la doctrine.

Car dans chacun un peu de ce que j'aurai fait
Restera me transmettre à d'autres, à jamais,
Insinuer en eux une image divine.

IV

Je veux ciseler chacun des jours de la Vie
Une coupe parfaite et de l'or le plus pur
Où boire en même temps qu'un reflet de l'azur
Le breuvage limpide et sec de l'énergie.

Je veux que dans chaque heure une flûte murmure
L'approche d'une joie où l'âme communie,
Ou que, du moins, le bruit doux de sa mélodie
Soit contre la Tristesse une paisible armure.

N'accepte la douleur qu'après avoir lutté ;
Et si le destin veut ton cœur ensanglanté
Sache tailler ta plaie en une croix royale.

Crois-moi, passant, la Vie est grande et s'ouvre belle.
Penche-toi sur son nid voir l'essor de ses ailes
Sans cesse dépasser la nuit la plus fatale.

Soirs heureux !... Les parfums s'étalent dans l'air lourd,
Le long vol des oiseaux est alourdi d'amour,
Le crépuscule en lui prépare du velours...

La nuit s'alanguit vers les âmes consolées,
Chaque étoile redit les grèves exilées,
La lune incurve un lac de splendeur dévoilée...

La joie effeuille des pétales plus certains,
La brise s'échevèle en soie entre les mains,
Une harpe invisible assoupit le Destin...

On a peur du bonheur qui rougit sa pâleur,
La dernière blessure a fermé sa douleur,
Une fleur d'argent rose effeuille sa langueur...

Il semble que tout soit simple vers l'Avenir,
Et que jamais, jamais, on ne doive mourir...

★

PARIS. — L'APPENZELL. — LA BAVIÈRE. — LE TYROL.

RIVOLI. — VÉRONE. — MILAN.

MENAGGIO. — VAL SEGNANA. — VAL SOLDA.

VAL MEZOCCO. — VAL LEVENTINA.

DÉFILÉ DE STALVEDRO. — L'ENTSCHLIGTHAL.

★

ACHEVÉ D'IMPRIMER

le six mars mil neuf cent

PAR

BLAIS & ROY

A POITIERS

pour le

MERCVRE

DE

FRANCE

à Maurice Barrès

quelqu'un qui aime
Sturel — et Sturel
n'est ce pas vous ?

André Lebey

mais dans l'impossibilité
d'être nationaliste . . . . . .
comme l'entend Coppée, comme
le voudrait être Drumont, (ce monstre !)
comme ne le fera jamais
Lemaître.